Hersteller / Manufacturer (GPSR)
Storylution GmbH, Biberstraße 5, 1010 Vienna, Austria
E-Mail: story.one@story.one

An Elina, die mir immer geholfen hat wenn meine Rechtschreibung mal wieder zu wünschen übrig lässt und mir so viele historische Fakten erzählt hat, das ich dachte ich telefoniere mit einem Lexikon

INHALT

Kapitel 1

Ich wagte es nicht zurückzuschauen, obwohl ich wusste, sie würden es nicht wagen in den Wald zu gehen. Niemand wagte es je, einen Fuß über die Grenze zu setzten und die, die es früher taten, waren nie wieder gesehen. Mittlerweile konnte man den Wald nicht mehr betreten. Wie ich es geschafft habe, wusste ich selbst nicht. Zahlreiche Legenden rankten sich um diesen Ort und umhüllten ihn in ein dunkles Licht. Für mich waren sie einst bedeutungslos. Ich spürte nie das Verlangen hineinzugehen und herauszufinden wie viel Wahrheit hinter den Geschichten steckte. Bis zum heutigen Tag. Es war der Wald oder die Menschen, die ich einst meine Freunde nannte. Jetzt kannte ich ihre wahren Gesichter. Sie waren nie meine Freunde, sonst hätten sie mich und meine Fähigkeiten nicht so schnell verkauft.

Durch die dichten Wolken und den Regen konnte ich nur erahnen, wie hoch die Sonne stand. Es war jedoch klar, lange hatte ich nicht Zeit, bis die Nacht eintraf. Außerhalb des Waldes ist die Nacht kein Problem, aber hier regieren die Schatten mit eiserner Hand und wer nicht nach ihren Regeln spielte, überlebte nicht um den Sonnenaufgang zu sehen. Mittlerweile rannte ich jedoch nicht mehr, meine Lunge brannte, meine Füße schmerzten und mein Herz schlug viel zu schnell. Ich wollte eine Pause machen, aber ich wagte es nicht stehenzubleiben. Wenn ich diesen Tag überstehen wollte, musste ich weiter. Weiter flussaufwärts kam ich an eine Gabelung. Das tobende Wasser von zwei Quellen floss hier zusammen zu einem reisenden Fluss, der mich in seine Tiefen ziehen wollte, wenn ich ihm einen Schritt zu nah kam. Ich musste mich nicht entscheiden, welchem ich folgen sollte. Es gab keine Brücke und ich stand auf der linken Seite, so folgte ich dem linken Flussarm. Es dauerte nicht lange, bis ich einen Weg fand, der vom Fluss abführte. Ich entschied, nachzusehen, wohin er führt. Viel zu verlieren hatte ich nicht. Wenn ich bald keinen Unterschlupf fand, war das meine letzte Entscheidung. Der Weg führte mich auf eine Lichtung und ich riss meine Augen auf. Dort stand ein kleines Haus mit einem Schuppen daneben. Es wäre eine Lüge, würde ich behaupten, ich hatte noch gehofft einen Unterschlupf für die Nacht zu finden.

Ich klopfte nicht an die Tür des Hauses. Wer auch immer in diesem Wald leben konnte, ich wollte ihnen nicht begegnen. Ich versteckte mich lieber im Schuppen. Der Wind pfiff draußen und der Regen donnerte auf das Holzdach. Erst als ich mich auf den Boden fallen ließ, spürte ich, wie schwer meine Knochen sich anfühlten. Meine Klamotten klebten durch die Nässe an mir und kühlten meinen überhitzten Körper. Ich legte meinen Umhang ab, hing ihn über einen der hinteren Holzstapel. Mein Hemd fand seinen Weg daneben.

So sollte mein Leben also weitergehen. Ich saß mit beinah nacktem Oberkörper in der hintersten Ecke eines Holzschuppens und fragte nach dem Sinn des Lebens. Heute hatte ich alles verloren. Meine Wohnung, meine Freunde, meine Anerkennung. Ich konnte nicht mehr zurück. Sie würden mich nicht mehr anlächeln oder mir von ihrem Tag erzählen. Alles, was meine Freunde jetzt noch für mich übrighatten, war Hass. Hass für ein Monster ohne Zuhause.

Kapitel 2

Ich machte diese Nacht kein Auge zu. Nun, so ganz stimmte das nicht. Ich saß zusammengerollt auf dem Boden, mein Gesicht in meinen Knien vergraben und meine Hände fest auf die Ohren gepresst. Alles damit ich sie nicht hören oder sehen musste. Meine Hoffnung auf etwas Ruhe, um meine Gedanken zu sortieren, wurde zerstört, als die Nacht hereinbrach. Was genau draußen vor sich ging, wusste ich nicht. Der Schuppen hatte keine Fenster und ich hatte nicht vor, die Türe zu öffnen. Ich war nicht lebensmüde. Nur durch das Flüstern draußen wusste ich, dass etwas versuchte, mich nach draußen zu locken, dass draußen etwas auf mich wartete.

"Asker", flüsterten sie.

"Komm raus. Wir haben es nicht so gemeint". Vasyl.

"Vergibt uns Asker. Wir wollten dir nie wehtun". Mea

"Bitte Asker. Es war nichts so gemeint. Wir hatten nur Angst". Thyra.

Ich wusste, es waren nicht sie da draußen. Jemand sprach mit ihren Stimmen zu mir. Aber wie sehr ich mir wünschte, ihre Worte hätten Bedeutung. Tränen rannten über mein Gesicht. Ich wollte ihre Stimmen nicht mehr hören. Sie hassten mich. Als Mea mich fragte mit ihr an den Flügel zu gehen, dachte ich mir nichts dabei. Ich stand schließlich niemanden so nah wie Mea. Wir beide hatten jung unsere Eltern verloren und wohnte eine Zeit lang in derselben Wohngruppe. Als wir vor einem Jahr auszogen, ließ mich Vasyl bei ihm schlafen, währen Mea und Thyra eine kleine Wohnung bezogen. Niemals dachte ich, dass sie mir in den Rücken fallen könnten. Als Mea mich einlud, um mit ihr Steine über das Wasser flippen zu lassen, dachte ich mir nichts, doch als ich am Flügel ankam, wartete nicht meine beste Freundin auf mich. Nur mit mehr Glück als Verstand schaffte ich es von der Beamten der Kommission für internationale Sicherheit im Bereich der magischen Vorkommnisse zu fliehen.

Diese Nacht dauerte eine unerträgliche Ewigkeit. Jedes Mal, wenn ich die Hände von den Ohren nahm, hörte ich sie wieder, bis ich es aufgab und einfach nur wartete. Ich wollte an nichts mehr denken, aber mein Kopf quoll beinah über mit Gedanken und ich wusste nicht, was wo anfing oder aufhörte. Unter normalen Umständen versuchte ich meine Gedanken in einem Notizbuch zu sortieren, aber alles, was ich bei mir hatte, waren meine nassen Klamotten. Mit einem Seufzen drückte ich mich fester an die Wand hinter mir und hoffte, das die Nacht endlich endete.

Kapitel 3

Die Erschöpfung siegte gegen Morgengrauen, als die Stimmen langsam verschwanden und ich dösend gegen die Holzwand gelehnt den Vögeln zuhörte. Vielleicht, wenn diese kleinen Kreaturen einen Platz im Wald der Gefährten gefunden hatten, vielleicht kann ich es auch. Ein neues Zuhause, ohne Menschen. Mit diesem Gedanken fiel ich in einen oberflächlichen Schlaf, aus dem ich gerissen wurde, als ich Schritte von außerhalb hörte. Ich rieb mir über die Augen und gähnte lautlos. Erst als die Türe sich schon langsam öffnete, begriff ich meine Lage. Mit einer schnellen Bewegung schnappte ich mir mein Hemd, was ich sogleich anzog, sowie Umhang und drückte mich, so gut es ging gegen den Holzstapel. Ich durfte nicht gesehen werden.

Die Türe öffnete sich. Ich presste mir die Hand vor den Mund, um ja keinen Laut zu machen und strengte mich an, kein Geräusch zu überhören. Mein Herz hörte sich zu laut an. Die Person kam näher, ich konnte die Magie spüren, die durch ihren Körper floss und nahm einige Holzscheitel hoch. Sie stockte kurz und ich war mir nicht sicher, ob ich nicht gleich in Ohnmacht fallen würde. Alles einfacher, als die Anspannung, die meinen Körper durchzog.

"Du erkältest dich noch, wenn du weiter hier bleibst", sprach eine sanfte Stimme und ich zuckte zusammen.

"Komm raus. Ich weiß, dass du da bist und diese Umgebung ist viel zu gefährlich für jemanden wie dich".

Mit einem letzten tiefen Atemzug stand ich langsam auf und drehte mich zu der Person um. Vor mir stand eine mittelalte Frau in einem schwarzen Mantel gekleidet, an dem passend zu ihren Ohrringen silberne Schlangen abgebildet waren. Sie lächelte mich an und ihre blauen Augen strahlten mir hell entgegen. Diese Person vor mir war kein Mensch.

"So ist es doch schon viel besser", sie lehnte sich an den Türrahmen "Wie heißt du mein Kind?".

"A", ich wurde durch einen Hustenanfall unterbrochen. Meine Kehle fühlte sich zu trocken an, um zu sprechen.

Die Frau schaute mich noch einmal von oben bis unten an, dann nickte sie und streckte mir die Hand entgegen "Das können wir auch über eine Tasse Tee besprechen. Komm".

Ich musste nicht lange überlegen. Eine groß andere Wahl sah ich nicht. Ich würde nicht aus dem Schuppen kommen, ohne an ihr vorbeizukommen und eine weitere Nacht mit den Stimmen meiner ehemaligen Freunde, hielt ich nicht aus. So trat ich hinter dem Holzstapel vor, nahm ihre Hand und flüsterte "Danke".

Kaum berühren sich unsere Hände, zog sich mich mit sich und rief aus "Du bis viel zu kalt. Du musst die ganze Nacht hier gewesen sein und das in nassen Klamotten. Willst du krank werden?".

Kapitel 4

Einige Zeit später saß ich mit der Frau, Pamina, und einer Tasse Tee an ihrem Küchentisch und versuchte meine Geschichte in Worte zu fassen. Dabei wusste ich selbst nicht wo genau ich anfangen sollte.

"Fangen wir doch erst einmal mit deinem Namen an", ermutigte mich Pamina.

Ich schluckte und nickte "Mein Name ist Asker, ich bin achtzehn Jahre alt und gestern habe ich noch in Flügeling gewohnt".

Mein Blick wand sich von Pamina ab und ich schaute auf die goldene Sanduhr an meinem Handgelenk. Sanft fuhr ich darüber, der Grund, warum sie mich verraten hatten. Mein Fluch. Ein Teil meiner Seele.

"Ich kannte einst jemanden mit der gleichen Begabung, wie du sie hast. Sogar nicht nur eine Person. Fast jeder, der dieses Symbol erhält, kommt irgendwann zu uns in den Wald".

"Weißt du, was es bedeutet?".

"Zeig es mir und ich kann dir mehr erklären. Du bist nicht alleine", Pamina zog die Ärmel ihres weißen Hemdes nach oben und enthüllte eine weiße Schlange, die sich um ihr Handgelenk schlängelte. Mein Herz schlug schneller. Noch nie hatte ich eine andere Person mit einem Symbol getroffen. Vielleicht gab es mehr von uns, als ich annahm.

Ich streckte ihr mein Handgelenk hin und zog es sogleich wieder zurück, als ihre Augen sich weiteten. Selbst Jemanden wie Pamina schockte mein Symbol. Gab es wirklich keinen Platz für mich auf dieser Welt?

Sofort nahm ihr Gesicht wieder normale Züge an "Versteh mich nicht falsch Asker. Ich will nicht lügen, so ein Symbol habe ich noch nie gesehen, aber das ist nichts Schlimmes. So eine Farbe habe ich noch nie gesehen. Meistens sind sie schwarz".

"Was bedeutet das?", fragte ich auf meiner Unterlippe kauend.

Sie antwortete mir mit einer Gegenfrage "Weißt du, wer deine Eltern sind?".

Ich schüttelte den Kopf und auf ihren auffordernden Blick erklärte ich weiter "Ich kann mich nicht mehr an alles erinnern. Es war der Abend meines siebten Geburtstags und sie haben gestritten. Meine Mutter kam kurz darauf in mein Zimmer und hat mich zu meinen Großeltern gebracht, das war das letzte Mal, dass ich sie gesehen habe. Am nächsten Tag kam die KoHa und hat uns mitgeteilt, das es einen weiteren magischen Vorfall gab. Meine Eltern haben es nicht überlebt".

"Nur noch eine Frage. Wie bist du hier gelandet?".

Ich beiße mir auf die Innenseite meiner Wange, um die Tränen zurückhalten "Sie haben mich verraten. Sie haben mich verkauft. Die KoMa mag Menschen wie mich nicht. Wir sind eine Gefahr für die internationale Sicherheit".

Kapitel 5

Nach meiner Erzählung stellte mir Pamina einen Teller Suppe hin und führte mich danach in eines der Schlafzimmer. Die Blasen an meinen Füßen wurden behandelt und die Schürfwunden an meinen Händen desinfiziert. Ich bekam Kleidung, die mir erstaunlich gut passten, jedoch definitiv nicht aus diesem Zeitalter stammten.

"Sie gehörten einst meinem Bruder. Du erinnerst mich an ihn. Beinah wie aus dem Gesicht geschnitten". Ihr Blick ruhte für einen Moment auf mir und ihr Lächeln erreichte nicht ihre Augen. Sie schien in einer längst vergangenen Erinnerung zu schwelgen. Ein Leben, das nie wieder kommen würde und doch so viel Gewicht trug.

"Schlaf jetzt. Wenn du aufwachst, werde ich dir all deine Fragen beantworten. So gut ich kann zumindest".

Mein Geist glitt schnell in ein Gewirr aus Träumen, dessen Bedeutungen so bald wieder verschwanden, wie sie kamen und als ich aufwachte, konnte ich mich ans nichts mehr erinnern. Das, was mich weckte, war ein leichtes Klopfen an der Tür. Mit kratzender Stimme bat ich die Person herein und zum Vorschein kam ein Mädchen, die zwar aussah wie in meinem Alter, jedoch bezweifelte ich, dass sie es war. Genau wie bei Pamina strahlte sie eine starke Magie aus.

"Nett dich kennenzulernen. Mein Name ist Polina. Es gibt Abendessen und mir wurde gesagt, du hast einige Fragen", ein breites Lächeln formte sich auf ihrem Gesicht.

Polina stellte sich als Paminas Großnichte vor, eine Gottheit, die den Lebensgeist nicht nur der Menschen, sondern der gesamten Welt verkörperte. Auch bei Pamina täuschte mich ihre magische Ausstrahlung nicht. Sie war tatsächlich kein Mensch, sondern die Gottheit, auf dessen Schultern das Gleichgewicht der Welt ruhte. Und dann gab es noch mich selbst. Ein temporärer Zeitgott. Ich wusste nicht, ob ich lachen oder weinen sollte.

"Ich weiß ehrlich nicht, was ich sagen soll", mein Kopf schmerzte.

"Lass uns doch mit deinen Fragen weitermachen. Das kann nicht alles gewesen sein?".

"Die Stimmen. Als ich gestern Nacht im Schuppen war, habe ich Stimmen gehört".P

amina nahm meine Hand in ihre "Ich glaube, es ist besser, wenn ich es dir zeige. Aber zu keinem Zeitpunkt darfst du meine Hand loslassen. Das ist wirklich wichtig, du darfst das nicht vergessen".

Kapitel 6

Ich hatte nicht bemerkt, dass es draußen langsam dunkel wurde und die Sonne hinter den Bäumen verschwand. Pamina reichte mir meinen Umhang und wir traten ohne Polina ins Freie. Bis auf das Rauschen des Windes konnte ich keinen Ton hören. Die Vögel vom Morgen gaben keinen Laut mehr von sich und auch die anderen Tiere blieben stumm. Mich schauderte es.

"Können wir nicht doch hereingehen und du erklärst mir alles?", meine Stimme klang leise und beinah als hätten sie auf meine Worte gewartet, verschwanden die letzten Sonnenstrahlen. Pamina drückte meine Hand schmerzhaft fest. Ich verstand ihre Anspannung nur in Teilen. Der dunkle Wald, der in kompletter Stille vor uns lag, sorgte auch bei mir für eine innere Unruhe. Jedoch gab mir Paminas Anwesenheit eine innere Stärke. Hier konnte mir nichts passieren. Nicht mit ihr an meiner Seite.

Aus der Dunkelheit der Nacht kam ein düsterer Nebel auf uns zu und mir entkam ein Schrei. Dieses Mal war es meine Hand, die Paminas umklammerte und mein anderer Arm umschlang ihren. "Was ist das?", flüsterte ich.

"Schließ deine Augen nicht", ihre Stimme wirkte weit weg. "Das ist dein Gebiet. Der Nebel hört auf dich, du musst es nur wollen".

"Pamina, was ist das?".

"Der Schattennebel. Er wurde im Zeitalter der ersten Menschen des dritten Zeitalters erschaffen und soll die Uhr der Zeit beschützen".

Ich löste mich langsam von Paminas Arm und streckte meine nun freie Hand aus. Ich wusste nicht warum. Der Nebel hatte etwas Vertrautes. Es weckte Erinnerungen an eine Frau mit einem warmen Lächeln, die mit sanfter Stimme ein Lied sang. Die Kälte der Nacht wurde von einer Wärme ersetzt, die mich mit einer Ruhe erfüllte.

Langsam kam der Nebel auf mich zu. Wie ein alter Freund begrüßte er mich und ließ sich von mir führen. Die Stimmen hörte ich nur im Hintergrund. Der Nebel zog all meine Aufmerksamkeit auf sich. Alles andere war egal.

Mit einem Ruck zog mich Pamina an der Hand und ich wurde aus meiner Trance gerissen. Ich hatte nicht bemerkt, dass ich langsam ihre Hand losgelassen und einen Schritt auf den Nebel zugemacht hatte.

"Lass dich nicht täuschen. Er will dir nichts Böses, weil du sein Herr bist. Sobald er weiß, dass du keine Kontrolle hast, wird er angreifen und dann kennt er keine Gnade".

Kapitel 7

Ich starrte in das Kaminfeuer und beobachtete, wie die Flammen tanzten. Alles, um nicht in Versuchung zu geraten aus dem Fenster zu sehen. Ich wusste nicht, was ich fühlen oder was ich denken sollte. Jetzt hatte ich Zeit nachzudenken und ich wusste nicht, ob ich das gerade wollte. Nicht wenn ich keine Ahnung hatte, was genau passiert war.

Pamina holte mich mit einer Tasse Tee aus meinen Gedanken. Kräutertee. Ich mochte Kräutertee.

"Ich habe noch nie eine so starke Reaktion zu dem Nebel gesehen", sie strich mir über die Haare "Kannst du einen Moment alleine sein? Ich hole nur kurz Polina".

Ich gab ihr nur ein kleines Nicken. Dass sie ging und mit Polina wieder kam, bemerkte ich kaum. Die jüngere Gottheit ließ sich neben mich fallen und legte ihren Arm um mich. Ich schaute auf und ihre goldenen Augen sahen mich an bevor sie mich in eine Umarmung zog.

"Ich bin wirklich stolz auf dich", wisperte sie gegen mein Ohr. Pamina umarmte uns beide und ich konnte meine Tränen nicht zurückhalten. Dieses Gefühl kannte ich nach dem Tod meiner Eltern nur von Mea.

Wir blieben so lange in der gleichen Position, bis meine Tränen getrocknet waren und meine Lunge wieder Luft bekam. Der Tee war mittlerweile abgekühlt, aber meine Kehle dankte mir trotzdem für die Flüssigkeit. Das schwere Gefühl auf meinem Herz fühlte sich nicht mehr so stark an, wie noch am Morgen.

"Danke".

Pamina setzte sich neben mich "Nicht dafür. In dem Moment, in dem du hier aufgetaucht bist, wurdest du Teil dieser Familie und in dieser Familie sind wir füreinander da".

Ich lächelte zu ihr auf und auch wenn meine Augen noch schimmerten, war es ein ehrliches Lächeln. Ich konnte ihnen nicht mein gesamtes Vertrauen geben, aber vielleicht gab es in dieser Welt noch einen Platz für mich. Eine weitere

Chance auf eine Familie.

"Nicht nur wegen meiner Fähigkeiten?".

"Ich will nicht lügen Asker. Deine Fähigkeiten sind stärker, als alles, was ich je gesehen habe. So gut hat der Nebel noch nie auf einen Wächter reagiert, aber das ist nicht alles. Du hast nicht verdient, was dir passiert ist und ich verspreche dir, wir passen auf dich auf".

Polina pikte mir in den Bauch "Und zusammen können wir die Welt regieren".

Kapitel 8

Der nächste Morgen kam mit dem ersten Schnee des Jahres. Polina und ich tobten wie kleine Kinder draußen, bis Pamina uns zum Frühstück rief.

"Nachdem Polina von ihrer Mutter abgeholt wird, fangen wir mit dem Training für deine Fähigkeiten an", teilte sie mir mit.

Und das taten wir. Ich selbst sah mich nicht als unsportlich, eher faul, und ich wusste, dass mein Körper niemals so wie Vasyls aussehen würde, aber ich dachte niemals, dass mich ein paar Stunden von Paminas Training so fertig machen würde. Zum ersten Mal sah ich sie nicht als die liebenswürdige Frau, die mich aufgenommen hatte, sondern als die Göttin, die sie war. In diesem Moment war es ihre Aufgabe, mich stärker zu machen.

"Es ist anstrengender, weil dein Körper plötzlich Magie aufnimmt und mit ihr um die Kontrolle kämpft. Jegliche Art von Magie hat einen eigenen Willen und wer sie in sich trägt, muss lernen damit umzugehen, ansonsten kann es gravierende Folgen haben", erklärte sie mir in einer Pause.

Sofort wanderten meine Gedanken zum Unfall meiner Eltern "Ist es das, was in unserer Welt passiert? Die ganzen magischen Vorfälle? Die KoMa sagt, es liegt an der bösen Natur von Magie".

Pamina fuhr mir über die Schulter "Die KoMa liegt nicht oft richtig mit ihren Aussagen. Magische Vorfälle entstehen, wenn eine Person die Kontrolle über ihre Magie verliert. Magie ist nicht böse, aber sie hat ihren eigenen Willen und ohne Kontrolle breitet sie sich unaufhaltsam aus".

"Aber was war mit der Katastrophe des ersten und zweiten Zeitalters? So große magische Explosionen können nicht von einem Menschen verursacht werden".

Für einen Moment sagt Pamina nichts, dann deutet sie mir an ihr ins Haus zu folgen "So eine Geschichte lässt sich nur über einer Tasse Tee besprechen".

Während der Tee kocht, zog ich mir neue Kleidung an und setzte mich dann zu Pamina, die sogleich anfing zu erzählen "Die Menschen des ersten Zeitalters erlag dem Überlebensinstinkt der Zeit. Deine Kräfte werden von der Sanduhr der Zeit angetrieben und bevor es Leute wie dich gab, existierten Götter der Zeit. So wie mein Bruder".

Sie pausierte kurz und ich wusste nicht wie ich mich verhalten sollte. Bevor ich etwas sagen kann, fuhr sie fort "Insgesamt habe ich drei jüngere Brüder. Der Mittlere erschuf die Menschen des dritten Zeitalters. Du musst wissen, als die Menschen der ersten Zeitalter lebten, gab es nichts, was den Wald von den Menschen trennte und so drangen sie immer weiter vor. Ihr Menschen seid nicht dumm, auch damals ist euch aufgefallen, dass die Zeit langsamer vergeht, je näher man dem Wald kommt. Im Bereich um die Sanduhr steht die Zeit still und es kostete vielen Menschen das Leben, also wollten sie die Uhr zerstören. Magie jedoch lässt sich nicht so leicht auslöschen. Es entstanden die magischen Katastrophen. Damit das nie wieder passiere, haben meine Brüder den Nebel geschaffen und ihr Leben gelassen".

Kapitel 9

Nach unserem Gespräch zog sich Pamina zurück und auch wenn ich viele Fragen hatte, wusste ich, dass jetzt nicht der richtige Zeitpunkt war. Ich setzte mich also mit einem Blatt Papier und einem Füller vor den Kamin. Darauf schrieb ich alles, was mich beschäftigte. Ich schrieb über meine ehemaligen Freunde. Pamina und Polina. Die drei Brüder, die ihr Leben für die Magie und die Menschheit gaben. Meine Eltern. Meine neuen Fähigkeiten, die wohl schon immer Teil meiner Seele waren und die ich zuvor noch so intensiv gespürt hatte.

Als die Haustüre sich öffnete und Polina wieder kam, brannten die letzten Fetzen des Papiers in den Flammen des Kamins. Meine Gedanken verbrannten in der Hoffnung, dass meine Seele endlich Frieden finden konnte. Ohne Fragen zu stellen, setzte sich Polina neben mich und erzählte mir von ihrem Tag mit ihrer Mutter.

"Das habe ich fast vergessen", sie sprang vom Boden auf und lief zurück zu ihrem Mantel, der ordentlich neben der Tür hing "Ich hatte diese Vermutung schon seit wir uns das erste Mal getroffen haben, aber erst als ich das Foto gesehen habe, konnte ich sicher sein".

Sie drückte mir ein Bild in die Hand und meine Augen weiteten sich. In der Mitte erkannte ich deutlich Pamina, umgeben von drei Männern, die jeweils ein junges Mädchen bei sich hatten. Der Mann auf der rechten Seite trug ein Mädchen mit den gleichen rosafarbenen Haaren wie er auf den Schultern und seine blauen Augen strahlten mich an. Er sah aus wie ich, nur älter.

Polina zeigte auf den Mann rechts, der ein Mädchen auf dem Arm trug "Das ist mein Opa mit meiner Mutter". Ich hatte es mir schon gedacht. Das offensichtlichste war wohl die Hautfarbe des Mädchens, auch wenn es nicht richtig war, anzunehmen, das ihre Mutter die gleiche Hautfarbe haben musste. Für mich war es das Lächeln. Wenn Polina einen Raum betrat, schien es, als würde die Sonne aufgehen und ihr Lächeln, hatte sie wohl von ihrer Mutter übernommen.

"Was hat das zu bedeuten?", fragte ich, auch wenn ich die Antwort eigentlich schon wusste.

Sie hob eine Augenbraue und deutete dann auf den Mann rechts "Das ist dein Opa zusammen mit deiner Mutter".

Ich fuhr sanft über die beiden auf dem Bild "Ich habe schon beinah vergessen, wie sie aussah".

"Hattest du keine Bilder von ihr?".

Ich schüttelte den Kopf "Unser Haus wurde bei einem magischen Vorfall zerstört und beinah alles ging kaputt. Meine Großeltern haben nicht viel von Bildern gehalten. Sie haben immer gesagt, dass sie lieber im Moment leben wollen und wichtige Erinnerungen immer im Kopf bleiben. Als ich langsam immer mehr vergaß, wie sie aussahen oder ihre Stimmen geklangen, habe ich angefangen, mich selbst zu hassen. Welches Kind vergisst seine eigenen Eltern".

Polina legte mir einen Arm um die Schulter "So funktioniert unser Gehirn leider. Mein Vater ist gestorben, als ich fünf war und ich kann mich nur noch an sein Lächeln erinnern".

Kapitel 10

Der Tag, an dem ich Phyllis das erste Mal traf, war auch der Tag, an dem ich Pamina das erste Mal wirklich wütend sah. Oder zumindest dachte ich, es sei Wut. Der Regen, der noch vor ein paar Tagen gefroren war, schlug laut gegen mein Fenster, aber das war nicht, was mich weckte. Mich weckten zwei laute Stimmen.

In meiner Neugier schlich ich aus meinem Zimmer und begegnete Polina im Flur, die in ihrem auffällig grellen gelben Pullover versuchte möglichst versteckt zu bleiben und dem Streit zu lauschen. Ich wusste nicht, ob ich sie darauf hinweisen sollte, dass ihre Wahl eines Oberteils so unauffällig wie eine Lichterkette im Dunkeln war.

Bevor ich diese Bemerkung machen oder fragen konnte, was los war, drückte sie einen Finger gegen ihre Lippen und winkte mich zu sich. Darauf bedacht keinen Laut von mir zu geben, schlich ich weiter vor, bis ich hinter ihr stand und einen Blick ins Wohnzimmer werfen konnte. Der Anblick ließ meine Augen groß werden.

Ich sah eine Frau mit spitzen Ohren und einem Geweih auf ihrem Kopf auf Pamina einreden. Meine Mentorin hatte die Arme vor der Brust verschränkt und zu keinem Augenblick schaute sie der Frau in die Augen.

"Das kann so nicht weiter gehen", die Frau wollte Pamina eine Hand auf die Schulter legen, doch diese wich gekonnt aus.

"Und das ist nicht deine Entscheidung".

"Bitte", ihr Tonfall brach mir das Herz "Es betrifft dich. Es betrifft uns. Glaubst du wirklich, es interessiert mich nicht, wie es dir geht?".

Pamina drehte sich um und schnappte sich ihren Mantel "Es gibt uns nicht mehr. Du hast diese Entscheidung vor Jahren getroffen".

"Bitte geh nicht", aber es war zu spät. Pamina verschwand in den Morgennebel und mit einem Krachen fiel die Tür hinter ihr zu.

Die Frau ließ sich seufzend auf einen Stuhl fallen und strich sich harsch eine Strähne ihres weißen Haares hinter das Ohr, bevor sie sich in unsere Richtung umdrehte. Ihre mandelförmigen Augen wechselten mit jeder Sekunde die Farbe.

Polina trat als erste vor und starrte die Fremde nieder, während ich ihr nur langsam folgte und hoffte, dass der dunkle Flur mich versteckt hielt. Die Frau vor mir strahlte eine Magie aus, die sogar Paminas überstieg.

Mit gehobenem Kopf und verschränkten Armen, fragte Polina "Wer bist du und was willst du von unserer Tante?".

Die Fremde stand auf "Du musst Polina sein", ich konnte nicht sagen, ob ihr Lächeln echt war "Ich erinnere mich noch an die Tage, als du noch ein kleines Kind warst. Und das hinter dir ist sicher Asker. Der neue Zeitgott. Mein Name ist Phyllis und ich wache über die Bibliothek der Erinnerungen".

Kapitel 11

Ich wurde geschickt, um Pamina zu finden. Schließlich konnte ich zur Not eine Nacht im Wald überleben, so zumindest Polinas Argumentation. Meine Vermutung war eher, dass sie Phyllis ausfragen und jedes Detail über ihre Beziehung zu Pamina wissen wollte. Es sollte mir recht sein. Ich musste nicht unbedingt alleine mit Phyllis sein und auf die unangenehme Stille, die irgendwann sicher entstehen würde, konnte ich auch verzichten. Da war mir der Wald lieber.

Pamina zu finden schien erst wie eine unmögliche Aufgabe, bis mir meine Fähigkeiten einfielen. Ich stellte mich schulterbreit hin, schloss meine Augen und hob die Hände. Ein vertrautes Pochen fing in meiner Schläfe an. Als ich meine Augen wieder öffnete, umgab mich Dunkelheit. Sie versuchte einen Treffer gegen mich zu erzielen, aber es fühlte sich eher an wie ein Tier, das spielerisch versuchte, die Kontrolle zu bekommen, als ein ernsthafter Versuch mich in die Knie zu zwingen.

Der Nebel ließ sich von mir in jegliche Ecken des Waldes schicken und übertrug jede Beobachtung auf mich. Ich fand Pamina nahe der Sanduhr, jedoch war das nicht das einzige, das mir ins Auge sprang. Zwei mir bekannte Gestalten wanderten durch den Wald. Meine Knie fingen an zu zittern und Vasyl zog seine Waffe. Er erhob sein Schwert gegen meinen Nebel, meine Fähigkeiten. Meine Beine gaben unter mir nach und das Bild der beiden verschwand.

Wie ich zu Pamina kam, wusste ich im Nachhinein nicht mehr. Es war beinah wie meine Flucht vor der KoMa. Alles, was ich wahrnahm, waren Paminas vertraute Arme um mich und ihre beruhigende Stimme, die auf mich einredete.

"Alles wird gut", flüsterte sie und drückte mich näher an sich.

Ich lache kläglich auf "Das sollte ich eigentlich zu dir sagen". Mir entkam ein weiteres Schluchzen "Es tut mir leid, das ich so viel weine".

"Dafür musst du dich nicht entschuldigen. Mach dir keine Sorgen um mich", ein Hustenanfall zwang sie sich zu unterbrechen "Mir geht es gut".

"Geht es dir wirklich gut?", ich wollte nicht, dass sie meinetwillen log. Ich wusste nicht, ob ich die Wahrheit hören wollte, aber ich wusste, dass ich es musste.

Pamina schaute mir nicht in die Augen "Natürlich. Phyllis Besuch hat nur Dinge hochgebracht, über die ich lieber nicht sprechen möchte".

Ein letztes Mal wuschelte sie mir durch die Haare und zog mich auf die Füße "Na komm, lass uns nach Hause gehen. Auf dem Weg können wir uns einen Plan einfallen lassen, was wir mit deinen Verrätern machen".

Kapitel 12

Die Idee schien einfach. Pamina und Polina suchten Mea und Vasyl im Wald, während ich im Haus zurückblieb. Als ich durch die Tür trat, erwartete ich Phyllis zu sehen, jedoch war alles leer. Mein Gedanken wurden jedoch von anderen Fragen eingenommen, als wo die Frau sich jetzt befand oder welche Fragen Polina ihr gestellt haben könnte.

Es störte mich nicht allein zu sein. In diesem Moment bevorzugte ich es sogar. Die Stille gab mir Zeit mich mit meinen Gedanken zu beschäftigen und Ruhe in meinen Kopf zu bringen. Ihre Gesichter zu sehen, gab mir einen Stich ins Herz und wirbelte Erinnerungen auf, die ich verdrängt hatte. Ein Teil meines Selbst konnte es immer noch nicht fassen, dass sie mich einfach so verraten hatten.

Ein Klopfen riss mich aus meinen Gedanken und ich erstarrte für einen Moment. Es musste Phyllis sein. Pamina und Polina klopften nicht.

Ich öffnete die Tür und versuchte sie im nächsten Moment wieder zuzuschlagen, aber ein Fuß schob sie dazwischen und hielt mich davon ab. Vasyl.

"Bitte Asker. Lass uns miteinander reden", seine Stimme klang tiefer.

Ich drehte mich um "Ich hab dir nichts zu sagen".

Ich stürmte auf mein Zimmer zu. Vasyl jagte mir hinter her, jedoch schaffte ich es, meine Zimmertür hinter mir zuzuschlagen, bevor er mich einholen konnte. Ich musste hier raus. Eine Tür würde Vasyl nicht aufhalten, er war der Beste in unserer Freundesgruppe, wenn es um Schlösser knacken ging. Den einzigen Ausweg, den ich sehen konnte, war das Fenster. Ich sprang, ohne zu zögern.

Das Grass zu meinen Füßen war noch nass. Ich rannte ziellos in den Wald. Nach einer Weile kam mir mein Umfeld nicht mehr bekannt vor und ich konnte hier auch keine Vögel hören. Aber das war egal. Ich wollte weder jemanden sehen noch hören. Besonders nicht meine zwei Freunde. Meine ehemaligen Freunde. Was fiel ihnen ein hier aufzutauchen? Nach ihrem Verrat, als wäre es nichts. Als würde mein Schmerz ihnen nichts bedeuten und ich könnte ihnen einfach so wieder zuhören. So lief das Leben nicht.

Ich ließ mich gegen einen Baum sinken und zog die Beine an. Der Wind blies mir ins Gesicht und die Kälte fühlte sich auf meiner Haut an wie tausend Messerstiche. Genau wie ihr Verrat.

Ich hasste sie.

Ich hasste Mea und Vasyl und Thyra.

Ich wollte sie zurück.

Kapitel 13

Ich merkte nicht, wie es langsam dunkel wurde und als ich es realisierte, war es zu spät. Der Nebel kam auf mich zu. Kein Grund in Panik auszubrechen. Ich begegnete ihm nicht das erste Mal. In meinem Training mit Pamina hatte ich gelernt sein Meister zu sein und mich nicht unterdrücken zu lassen. Pamina hatte mich auf diesen Moment vorbereitete. Ich würde es schaffen.

Ich schaffte es nicht. Der Moment, in dem ich aufstand, begannen die Stimmen zu reden und ich sank wieder auf den Boden. Die Tränen, die erst vor kurzem gestoppt hatten, begannen wieder zu fließen.

"Asker", Vasyls Stimme tönte in meinen Ohren "Komm schon Asker. Warum versteckst du dich vor uns?".

"Hast du Angst vor uns?", fragte mich Meas Stimme.

Ihre Stimmen fingen an durcheinander zu sprechen.

"Geht weg", wisperte ich.

"Warum sollten wir?", Thyras Stimme zog mir endgültig den Boden unter den Füßen weg "Sag mir Asker. Warum sollten wir gehen? Es macht viel zu viel Spaß mit dir zu spielen".

Ein Schluchzen entkam meiner Kehle und ich presste mir die Hände über die Ohren. Wieso quälten sie mich so? Alles, was ich wollte, war meine Ruhe.

"Du bist wahrlich eine Enttäuschung", Paminas Stimme drang zu mir durch und ich schreckte hoch. Um mich herum war nichts. Nichts außer der Nebel. Bitte nicht auch noch sie.

"Du hast nicht wirklich geglaubt, das wir dich bei uns haben wollen", zischte Polina.

Sie fingen an im Chor zu sprechen "Du bist nichts, Asker. Du wirst nie das sein, was du dir erhoffst. Du wirst nie ein vollwertiger Junge sein. Vasyl wird dich nie lieben. Du wirst kein zu Hause finden, den es gibt für dich keinen

Platz auf der Welt. Es gibt nirgends einen Platz für ein Monster".

Ich biss die Zähne zusammen. Ich wusste es. Ich wusste all diese Dinge, aber sie zu hören...

Heftig wischte ich mir die Tränen weg. Nichts war real. Die Stimmen gab es nicht wirklich.

Ich rief mir Paminas Worte ins Gedächtnis "Du kannst sie kontrollieren. Du bist ihr Meister".

Stolpernd kam ich auf die Beine. Der Nebel versuchte weiter zu mir vorzudringen, aber ich streckte die Hand aus. Ich war es, der ihn kontrollieren konnte, nicht anders herum. Vielleicht war ich ein Monster, aber wenigstens konnte ich das Grauen kontrollieren.

"Geh weg", sprach ich mit lauter Stimme und einem gefälschten Selbstbewusstsein "Geh weg von mir".

Und der Nebel wich. Langsam wich er von mir. Ich schaute auf meine Hände. Der Nebel nutze diesen Moment, um sich mir wieder zu nähern, aber ich schickte ihn fort. Meine Fähigkeiten. Meine Kontrolle.

Kapitel 14

Sobald ich den Nebel unter Kontrolle hatte, schwebte er spielerisch um mich herum. Wie ein Hund. Ein Hund, der jeden Moment zum Wolf werden konnte. Aber selbst dann, ich hatte die Kontrolle. Ich schickte ihn vor und zurück. Ließ ihn Kreise formen und verblassen. Brachte ihn dazu hoch und hinunter zu schweben. Bis die Sonne aufging und der Nebel mich verlassen musste. Heute Abend würde er wieder kommen, wie jeden Abend.

Als ich wieder allein war, atmete ich tief durch. Erst jetzt spürte ich, wie schwer sich meine Muskeln anfühlten und meine Haare klebten nass auf meiner Stirn. Die kühle Luft ließ meinen erhitzten Körper erzittern und erinnerte mich an den Tag in Paminas Schuppen. Der Tag, der mein Leben für immer verändert hatte.

"Asker!", vor mir tauchte mit einem Mal Vasyl auf. Er gab mir keine Zeit zu reagieren, sondern stürmte auf mich zu und zog mich in seine Arme. Ich riss mich sofort los, sprang auf und wich einige Schritte zurück. So sehr ich ihn auch vermisst hatte, sein Verrat schmerzte noch zu sehr.

"Bitte Asker. Lass es mich erklären", seine Sätze kamen abgehackt. Er war außer Atem.

Ich schüttelte den Kopf "Es gibt nichts zu erklären. Ihr habt mich an KoMa verkauft".

Dieses Mal ist es Vasyl, der wild den Kopf schüttelt "Nein, Asker. Niemals. Wenn wir gewusst hätten, dass sie dir weh tun wollten. Ich hätte das niemand zugelassen. Wir wussten, du würdest nicht freiwillig zur KoMa gehen und es war falsch von uns dich zwingen zu wollen. Aber Asker. Niemals wollten wir dir weh tun. Wir dachten, sie könnten dir helfen".

"Selbst wenn. Es war nicht eure Entscheidung. Was ich mit meinen Fähigkeiten mache, liegt allein bei mir", mir stiegen wieder Tränen in die Augen.

Vasyl versuchte einen Schritt auf mich zuzugehen, aber ich wich weiter zurück. Entschuldigend hob er die Hände.

"Es tut mir leid. Du glaubst nicht, wie sehr es mir leidtut. Seit du weg bist, weiß ich nicht mehr, wie ich funktionieren soll", wie gerne ich ihm glauben würde.

Seine nächsten Worte fühlen sich an wie ein Schlag "Ich liebe dich Asker".

So oft hatte ich davon geträumt. Wie oft ich mir vorgestellt hatte, dass er meine Gefühle erwidert.

"Du musst nichts sagen, ich erwarte nicht, dass du genauso fühlst. Wir sollten sowieso zurückgehen, sie machen sich alle Sorgen um dich".

"Es tut mir leid, aber ich weiß nicht, ob ich dich noch lieben will", flüsterte ich so leise, dass er mich nicht hören konnte.

Kapitel 15

Der Weg zurück zu Paminas Haus war gefüllt mit Stille. Ich konnte nicht aufhören an seine Worte zu denken. Gleichzeitig konnte ich nicht aufhören darüber nachzudenken, was er wohl über mich dachte. Schließlich war ein Monat vergangen, seit wir uns das letzte Mal gesehen hatten. Ich fuhr mir durch meine Haare, die über die Zeit bei Pamina deutlich länger geworden waren. Was er wohl davon hielt?

Ich versuchte ihn aus dem Augenwinkel anzusehen, starrte jedoch so gleich wieder auf den kleinen Trampelpfad, als ich bemerkte, dass er mich schon beobachtete. Mein Herz fing an schneller zu schlagen und ich wollte es am liebsten anschreien ruhig zu bleiben. Eigentlich hatte ich gehofft, ihn richtig ansehen zu können. Die Veränderungen an ihm und Mea fiel mir schon auf, als ich sie durch den Nebel sah, aber ich konnte noch nicht ganz greifen, was alles anders war.

"Asker!".

"Polina!".

Meine Großcousine und ich rannten aufeinander zu. Fest umarmten wir uns und erst als Pamina kam, lösten wir uns voneinander. Unter Paminas Blick fühlte ich mich wie ein Kind. Als ich jedoch etwas sagen wollte, zog sie mich fest in ihre Arme und flüsterte "Ich hab mir solche Sorgen gemacht".

Pamina sah nicht gut aus. Unter ihren Augen zeichneten sich Augenringe ab und sie war noch bleicher als zuvor. Mein Herz zog sich zusammen, als ich sie so gebrechlich sah.

"Lasst uns hineingehen", bestimmte meine Mentorin und ich zupfte an ihrer Robe, bis sie sich mir zu wandt. Demonstrativ schaute ich erst auf Mea und dann auf Vasyl.

Pamina beugte sich zu mir runter "Ich weiß, du willst nicht mit ihnen sprechen, aber hör dir erstmal an was sie zu sagen haben. Wenn du dann immer noch willst, dass sie gehen, dann werden sie das".

Ich wusste nicht, was über mich kam, aber ich wich von ihr weg "Warum denkt jeder von euch es ist in Ordnung Entscheidungen über meinen Kopf zu treffen. Ich bin meine eigene Person. Habt ihr das vergessen?".

Pamina packte mich an der Schulter "Ich will dir deine Entscheidungen nicht nehmen, Asker. Aber", damit hob sie den Zeigefinger "Ich habe mehr Informationen als du, deswegen schlage ich dir vor: Hör dir an, was sie zu sagen haben und triff dann deine Entscheidung".

Ich nickte. Meiner Stimme vertraue ich nicht. Ebenso wie meinen Gedanken. Was war das eben? Ich wollte nur in mein Bett und morgen aufwachen mit dem Wissen, dass all das nur ein Traum war. Aber das war es nicht. Das hier war meine Realität.

Kapitel 16

Unser Gespräch fand nicht sofort statt, sondern Pamina schickte mich erst ins Badezimmer, um mich zu waschen und danach ins Bett. Auch dieses Mal brodelte etwas in mir, als sie eine Entscheidung über mich traf, ohne mich zu fragen, aber ich schluckte es herunter. Ich verstand noch nicht ganz, woher dieses Gefühl kam. Ich wusste, sie hatte recht. Ein paar Stunden Schlaf konnten nicht schlecht für mich sein. Und als ich mich ins Bett fallen ließ und meine Augen schloss, entspannte sich mein Körper.

Ich schlief beinah den ganzen Tag und erst zum Abendessen weckte mich Pamina. Für einen Moment blinzelte ich ihr verwirrt entgegen, dann erinnerte ich mich an die Ereignisse der letzten Tage. Pamina setzte sich neben mich "Wie geht es dir?".

Ich zuckte mit den Schultern "Weiß nicht. Ich glaube, mein Gehirn hat noch nicht alles verarbeitet".

Sie zog mich in ihre Arme "Es wird alles gut. Vielleicht sieht es momentan nicht danach aus und für eine Weile wird es auch nicht so sein, aber am Ende wird alles gut werden. Du musst dir selbst nur vertrauen. Ich weiß, dass du dein eigenes Glück erreichen kannst".

"Und was ist mit dir?".

"Ich bin alt, Asker", seufzte sie "Es werden jetzt Dinge passieren, die ich nicht beeinflussen kann, aber ich weiß, dass es so sein muss. Dabei ist es egal, ob ich es mag oder nicht, am Ende wird es einen guten Grund haben, warum es passiert ist".

"Ich mag deinen Tonfall nicht. Was hat das alles zu bedeuten?", ich klammerte mich an ihr fest. Für einen Moment drückte sie mich fest an sich und dann löste sie sich von mir.

Pamina stand auf "Das ist jetzt egal. Komm runter, wenn du fertig bist, unsere menschlichen Gäste warten auf dich. Besonders der junge Mann".

Es dauerte seine Zeit bis ich den Mut aufbrachte, um ins Esszimmer zu gehen und wenn ich ehrlich mit mir selbst war, fühlte ich mich auch dann nicht bereit. Wahrscheinlich war das einer dieser Momente, für den man nie wirklich bereit war, aber irgendwann musste man es machen. Vielleicht war das einer dieser Momente, die zählten, wenn es um mein eigenes Glück ging.

"Asker!", Vasyl sprang von seinem Stuhl auf, wurde jedoch gleich von Mea wieder heruntergezogen, die mir ein kleines Lächeln schenkte. Und dessen Haare nun rote Spitzen anstelle von Blauen hatten.

Ich lächelte nicht zurück. Setzte mich nur ruhig auf meinen Stuhl gegenüber von Mea, neben Polina. Sei mutig. Bleib ruhig. Es ist nur ein Gespräch.

Mit zitternden Fingern, die ich unter dem Tisch versteckte und ruhiger Stimme wand ich mich an Mea "Sagt, was ihr von mir wollt. Keine Lügen oder Schönrederei. Ich will die Wahrheit, und zwar die Ganze. Wenn ich herausfinde, dass ihr mich anlügt, empfehle ich euch, schneller zu rennen als der Nebel".

Kapitel 17

"Ich brauche Zeit, um darüber nachzudenken", sagte ich, nachdem Mea mir alles erklärt hatte. Schon vor unserem Gespräch fühlte ich mich verloren, jedoch war dies auf einem ganz anderen Niveau.

Mea tauschte einen Blick mit Vasyl aus und nickte "Aber wir haben nicht viel Zeit. Mit jedem Tag, an dem wir nicht zurückkommen, wird die Chance, dass die KoMa Thyra am Leben lässt geringer".

"Morgen früh bekommt ihr meine Entscheidung". Sie hatten mich nie verraten? War alles, an das ich geglaubt hatte eine Lüge?

Ich verschwand in mein Schlafzimmer und setzte sich auf die Fensterbank. Von dort konnte man an sonnigen Tagen die Tiere des Waldes beobachten, aber zu dieser Jahreszeit sah man sie seltener. Ich sah also den Regentropfen zu, die gegen meine Fensterscheibe schlugen und langsam ihren Weg nach Unten fanden, während ich versuchte zu denken. Eine Tätigkeit, die mir früher einfacher fiel als in den letzten Monaten. Besonders jetzt, da mein Weltbild zweimal auf den Kopf gestellt wurde. Für mich fühlte es sich alles so schnell an. Ich wusste, die Zeit verging langsamer im Wald aber ein Monat in zwei Jahren? Ich konnte es erst glauben, als Pamina ihre Aussagen bestätigte.

Sie wollten helfen, zumindest war das ihre Aussage. Und jetzt war Thyra in Lebensgefahr. Ihr Leben gegen meines. Aber woher sollte ich wissen, das sie die Wahrheit sagten? Ich glaubte Mea, dass die KoMa Thyra gefangen hielt, aber wer versicherte mir denn, dass sie Thyra am Leben lassen würden, wenn sie mich in ihrer Gewalt hatten. Ich war nicht stark genug um es mit der gesamten Kommission aufzunehmen.

Ich dachte noch eine Weile über die Geschehnisse nach, bis ich aufsprang und zu Polinas Zimmer lief. Es tat mir leid, sie etwas zu fragen, dass sie in Gefahr bringen konnte, jedoch wusste ich, mit ihr an meiner Seite würde ich mich sicherer fühlen.

Ich klopfte an ihre Tür und wenige Sekunden später riss Polina diese auf. Beinah als hätte sie darauf gewartet. Etwas in mir sagte, das sie dies getan hatte.

"Und?", fragte sie, bevor ich meine Frage stellen konnte.

Ich atmete tief ein "Würdest du mitkommen?".

Sie lächelte "Ich dachte schon, du fragst nie. Hast du wirklich geglaubt, ich würde dich alleine gehen lassen. Ohne mich wärst du verloren".

"Also gehen wir?".

"Lass uns deine scheinbar verräterischen Freunde retten".

In dieser Nacht begann ein neues Kapitel meines Lebens und zu diesem Zeitpunkt wusste ich nicht, wie viel es verändern würde.

MADELEINE SOPHIA TRISKA

Madeleine Sophia Triska ist Schülerin eines Gymnasiums
und steht kurz vor ihrem Abitur. Seit ihrem 13.
Lebensjahr schreibt sie Bücher sowie Kurzgeschichten
und erschafft darin fantastische Welten. Dabei entstand
die Welt von Asker, die auch nach all den Stunden immer
noch keinen Namen hat.

Loved this book?
Why not write your own at story.one?

Let's go!

Zeitfracht Medien GmbH
Ferdinand-Jühlke-Straße 7
99095 Erfurt, Deutschland
produktsicherheit@kolibri360.de

Madeleine Sophia Triska

Der Wald der tausend Stimmen

story.one – Life is a story

 story.one

1st edition 2023
© Madeleine Sophia Triska

Production, design and conception:
story.one publishing - www.story.one
A brand of Storylution GmbH

Font set from Minion Pro, Lato and Merriweather.

© Cover photo: Photo by Maciek Sulkowski on Unsplash

ISBN: 978-3-7108-8647-8